AF242739

LA · VIE

DE

NIVET,

DIT FANFARON,

Qui contient les Vols, Meurtres
qu'il a fait depuis son enfance,
jusqu'au jour qu'il a été rompu
vif en Place de Grêve, avec
Beauvoir son Maître d'Ecole,
Baramon & Mancion ses Complices.

A PARIS,

Chez Jean-Luc Nyon, pro-
che le College de Mazarin, à
Sainte Monique.

AVIS
DU
LIBRAIRE
AU LECTEUR.

COMME *rien n'interesse plus le Public
que ce qui peut contribuer à son repos
& à sa sureté, j'ai crû, mon cher Lecteur,
ne pouvoir mieux vous montrer mon zele,
qu'en vous donnant la Vie d'un homme qui,
par ses Crimes affreux & détestables Assassinats, a toujours cherché les moyens de
vous en priver; l'on en a l'obligation entiere à ce Sage Magistrat, (a) dont les soins
& les veilles tendent journellement au bien
public; sans lui & ceux qui sont proposez
par S. M. à la vengeance publique, nous
serions bien à plaindre; car de sembla-*

(a) M. Herault, Lieutenant de Police.

bles Monſtres que celui dont j'entreprends
de vous donner la Vie, ſeroient capables de
détruire totalement un Etat.

J'ai lieu de croire, mon cher Lecteur,
que vous voudrez bien donner votre ſuffrage
à ce Livre, qui ne tend dans tout ſon con-
tenu, qu'à vous faire concevoir de l'horreur des crimes inoüis, dont un miſérable
eſt capable, lorſqu'il eſt abandonné de
Dieu, & vous exhorter en même tems à fuir
les mauvaiſes Compagnies qui entraînent
pour l'ordinaire la jeuneſſe dans un précipice
pareil à Nivet.

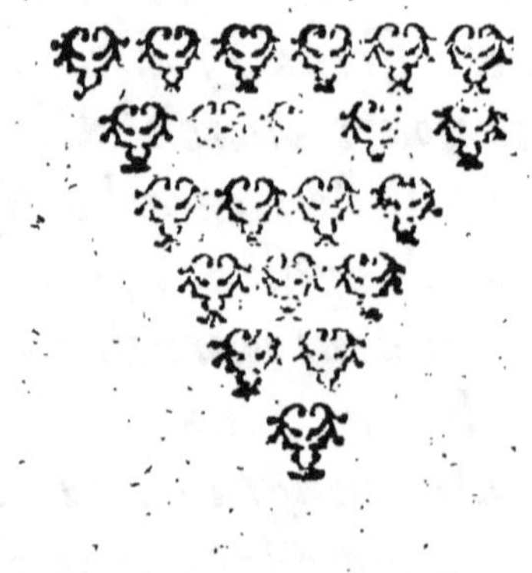

L'A VIE

DE

NIVET.

PHILIPPE NIVET nâquit en
l'année 1696. en la Ville de Caën en
Normandie ; son Pere étoit un Cardeur
de laine, honnête homme dans sa Pro-
fession, de figure extraordinaire, la nature l'ayant
rendu cul de-jatte. Il ne négligea rien, ainsi que
son épouse, suivant leur faculté, pour donner à
leur fils une éducation conforme à sa naissance. Il
vécut avec eux jusqu'à l'âge de huit à neuf ans,
sans donner aucune preuve de son mauvais pen-
chant. Ce fut dans ce tems qu'il fit connoissance
de plusieurs eunes libertins de son quartier, avec
lesquels il lia amitié, lesquels lui conseillerent de
voler son pere & sa mere pour subvenir au jeu.
Nivet profita de leurs leçons, & força quelques
jours après une armoire chez son pere, où il prit
des hardes & du linge appartenant à son frere.
Comme il étoit sur le point de se sauver avec sa

A iij

proye, il fut surpris par son frere, qui s'empara d'un pistolet, & voulut le décharger sur lui. Nivet prit la fuite promptement, & évita le coup. La crainte qu'il eut de quelques mauvais traitemens s'il retournoit à la maison, l'engagea alors à la quitter pour jamais ; il vécut ainsi éloigné de ses pere & mere jusqu'à l'âge de 15 ans, qu'il fut pris comme complice d'un vol considérable fait à Rouen, pourquoi il fut condamné par le Parlement aux Galeres, où il resta jusqu'au moment que la peste survint à Marseille ; il profita de cette contagion pour s'échaper des Galeres, ce qui lui réussit comme il desiroit : Il s'en vint droit à Avignon, ayant encore 90 Louis d'or qu'il avoit gagné, escroqué, pour parler en termes de voleur, tant sur le grand chemin que sur les Galeres, où il avoit fait connoissance de Beauvoir, qu'on peut dire être l'Auteur de son sanglant desastre, par les cruelles Leçons qu'il lui donnât *d'assassiner ceux quil voudroit voler*. Jamais écolier ne fut plus docile que Nivet, & jamais Maître ne fut plus écouté que Beauvoir. De petit Filou que Nivet étoit, il devint comme on le verra par la suite, un des plus fameux & des plus gros voleurs. Deux mois après, Beauvoir trouva le secret d'en faire de même que son Ecolier, & le rejoignit à Avignon, où ils passerent quelque tems ensemble, après quoi ils s'en vinrent du côté d'Orleans où ils assassinerent le 22 Août 1724. les nommez Boulanger & Herpin Marchands Mercier, & firent plusieurs vols avec effraction qui mirent l'alarme dans tout ce Canton.

Beauvoir commença à se repentir de sa mé-

chanceté & des cruautez qu'il avoit exercé pendant toute sa vie, ce qui lui fit prendre la résolution
de se retirer dans un endroit où il fut méconnu;
il n'en fut point de plus favorable & de plus pro-
pre à son dessein que le Port de Cette; il en communiqua à Nivet, sans néanmoins lui alleguer les
raisons qui l'obligeoient à y aller. Les adieux faits
de part & d'autre, Beauvoir partit pour le Port de
Cette, & Nivet pour Paris, dans des Idées bien
differentes l'un de l'autre; puisque le premier y
alloit pour changer de vie, & le second pour rendre la sienne plus criminelle dans la Ville la plus
florissante de l'Europe.

Nivet perdit de vûe son Maître, & chercha à
son arrivée les moyens de former une Compagnie capable comme lui de tout entreprendre pour
vivre aux dépens du sang & de la bourse d'autrui;
ce fut là qu'il mit en usage tous les ressorts de son
imagination & de toute inclination naturelle au
mal, il ne pût cependant exécuter ce qu'il souhaitoit
aussi promtemént qu'il l'auroit voulu, ce qui le
porta à acheter un Carrosse & trois Chevaux pour
le loüer en qualité de Fiacre, & le conduire lui-mê-
me; pour cet effet, il fut se loger à la Grange-Bate-
liere, près la Porte Montmartre. On aura peine
à croire que ce Malheureux n'a pris cet état que
pour en venir mieux à ces fins; ce qui lui arriva
cependant quelque-tems après avec son Carosse,
prouve bien qu'il n'étoit plus Apprentif dans l'Art
de voler, & qu'il en sçavoit autant que son Maître, & que ce n'étoit point l'interêt du loüage
de son Carosse qui le guidoit, puisqu'il ne le

fortoit qu'à la brune, & ne le rentroit qu'à la pointe du jour, ce qui le faifoit paffer, au dire de fes voifins, pour un fraudeur & un Contrebandier, eu égard à la dépenfe qu'il faifoit, & aux airs qu'il fe donnoit. Cette idée fe trouve bien fauffe par le coup hardi qu'il fit ruë des Victoires, le 2 Août 1727. Il plaça fon Carroffe à la porte d'un Particulier, monta fur l'imperiale, & à la faveur d'une échelle brifée qu'il avoit apportée, il entra dans le premier Appartement par la fenètre, & décrocha une Pendule, & emporta plufieurs cannes & épées qui étoient fur des chaifes, & qui appartenoient à differens Particuliers qui étoient à table dans une chambre voifine, qu'une fimple porte vitrée féparoit.

Un coup auffi téméraire doit bien faire regarder cet homme comme l'Antagonifte de Cartouche pour la foupleffe & la fubtilité. En effet, qui peut fe figurer qu'un homme foit affez ofé d'entreprndre feul de voler dans une chambre où il entend à côté une Compagnie de dix à douze perfonnes, cela paroîrra impoffible, cela eft pourtant arrivé par fes dépofitions.

Nivet ambitieux d'acquérir des richeffes à quelque prix que ce fût, fe voyant fecondé par fa mauvaife étoile, employa tout ce qui lui vint à l'efprit pour en venir à fon but, tantôt à l'aide de fon Carroffe faifoit des Vols de tous côtés, & tantôt les faifoit à pied quand il s'agiffoit de Meurtres & d'Affaffinats.

Nivet pour lors avoit fait focieté avec plufieurs

Bandits & Libertins aussi déterminez que lui, il tenoit avec eux des Assemblées particulieres pour déliberer sur les mesures qu'ils prendroient pour faire quelque nouveau vol qui pût subvenir aux frais de leurs dépenses, & à l'entretien de leurs Concubines ; il y avoit déja du tems qu'ils étoient dans l'inaction, lorsque la saison fâcheüse de l'Hyver leur procura l'occasion de signaler leur valeur meurtriere, & d'emporter un butin considerable. Cette Scene se passa dans la rue S. André des Arcs sur les huit heures du soir. Nivet s'étant apperçu qu'un Orphevre de cette rue avoit l'habitude de fermer sa boutique à sept heures & de la laisser entr'ouverte, y entra avec trois de ses Camarades, saisit le bon-homme au col et & le poignarda, pendant que ses camarades enlevoient ce qu'il y avoit de plus précieux dans la boutique ; ce coup fait ils se retirerent.

Cette action fit grand bruit le lendemain ; mais vainement on en chercha les Auteurs. L'heure de Nivet n'étoit pas encore venue, il n'avoit pas encore mis le comble à ses crimes, & sa malheureuse destinée le réservoit à des effets plus tragiques.

Tout ce que nous avons dit jusqu'ici à son sujet, n'a rien qui approche de la barbarie & de la férocité des actions que nous allons reciter ; on pourroit même hazarder de dire que sa vie n'a été jusqu'à présent qu'un jeu, si on la compare à celle qu'il a mené depuis.

Content, ainsi que ses Camarades, de n'avoir point été découvert, il s'imagina être à l'abri des châtimens que méritoit un tel forfait, & se flatta de réussir de plus en plus, & de n'être jamais reconnu. Reflexions ordinaires des miserables. Il continua dans cette pensée à pousser son inhumanité à l'excès, & à se rendre abominable à Dieu & aux hommes. L'argent qu'il avoit eu de son dernier vol étant consommé, il tint une nouvelle Assemblée pour décider sur ce que l'on feroit pour en faire un autre qui pût rapporter des fonds à la Societé. L'on fut porté pour celui des Invalides. Nivet, comme le plus ancien & le chef de la bande, déclara qu'il le feroit seul. Ses Camarades interessés à sa conservation, lui remontrerent qu'il y avoit trop de danger pour qu'il s'y exposa seul, qu'il n'en étoit pas de même d'une Citadelle que d'une maison Bourgeoise, & qu'il ne devoit pas trouver mauvais qu'ils l'accompagnassent. Nivet aussi fier que résolu, les remercia de leur bonne volonté, & leur dit qu'il étoit de l'ordre qu'un Capitaine s'exposa pour tous ses Soldats, suivant les anciens Romains.

Ses Camarades soûmis à sa volonté, ne voulurent point s'exposer davantage à l'accroissement de sa gloire, & dans l'instant le quitterent après avoir reçu ses ordres pour aller chacun dans leur quartier y attendre la réüssite de son projet.

Nivet monte à cheval aussi tôt qu'ils sont partis, prend avec lui un petit Déserteur, & va droit aux Invalides, où après avoir examiné par les dehors les endroits les plus favorables à son entreprise, il choisit celui qui lui parut le plus aisé; il descendit de cheval, le donna à garder au

petit garçon , & avec une échelle de corde qu'il
crampona au mur, il monta deſſus, força une
des croiſées de l'Egliſe , entra dedans , & y prit la
Croix qu'il emporta, & ſortit par le même endroit qu'il étoit entré. Cette entrepriſe auroit paru
difficile à tout autre qu'à Nivet , s'il n'avoit été
pleinement inſtruit par l'Orphevre qui avoit fait
cette Croix, de la façon dont il falloit s'y prendre
pour l'avoir. Tout réüiſſit à gré dans cette occaſion
à Nivet, il porta à l'inſtant la Croix à ce même Orphevre qui la fondit , & ne lui en donna que partie de la valeur , lui achetant la livre ſur le pied
du Marc. Nivet en paſſa par tout ce qu'il voulut,
& après avoir reçu le prix convenu avec lui , ſe
rendit à l'inſtant au lieu où étoient ſes camarades.
Auſſi-tôt qu'ils le virent , ils ſe mirent à crier
vivat, voilà notre bon Maître , & en même tems
ſe jetterent à ſon col pour lui marquer la joye
qu'ils avoient de le voir ſain & ſauf.

Nivet auſſi pénetré de plaiſir de leurs careſſes
que de ſa glorieuſe entrepriſe , s'aſſit & leur rendit
compte des moyens dont il s'étoit ſervi pour parvenir à ſon exécution. Après quoi il ſe fit appor-
ter les ſaccoches qu'il avoit ſur ſon cheval, les ou-
vrit en leur préſence , & leur fit voir à deniers
découverts la verité du fait.

Jamais ſurpriſe ne fut plus grande que celle de
ſes Camarades qui s'étoient imaginé que le *b Cou-
ſis* leur avoit joüé une Gaſconade , mais la diſtri-
bution qu'il leur fit à chacun de la ſomme pro-
venue de ſon Vol , les déperſuada entierement.

b Un des Sobriquets de Nivet.

Combien de fois avons-nous vû fur l'Echafaut des miferables expirer qui n'en avoient pas
tant fait que Nivet : ce n'eft cependant pas la fin
de fes Meurtres, fes vols & fes violences ; celui
qu'il a fait dans la rue Coquiliere ans la perfon-
ne du nommé Bollot de Talmet mériteroit feul
une defcription entiere ; mais comme tout ce
qu'il a fait pour y parvenir ne pourroit caufer que
de l'horreur dans l'efprit de ceux qui e. feroient
la lecture, nous nous ommes contentés de le
citer fans le détailler, quoique ce foit un des
chefs de fon accufation.

Eroftrate brûla le Temple d'Ephefe dans la
feule penfée d'immortalifer fon nom & fa mé-
moire. Nivet pour immortalifer le fien, ne
croit pas avoir porté fes déportemens affez loin
pour avoir un tel honneur. Que fait-il pour l'ac-
querir ? Il projette de voler le Temple de Saint
Nicolas du Chardonnet, il le propofe à fes Ca
marades, qui, d'un commun accord, approuvent
fon deffein. Les mefures prifes pour en voir les
effets, ils fe rendent au nombre de quatre à cette Eglife, où ils entrent à la faveur d'une des
croifées des voûtes; après quoi ils emporterent ce
qu'ils trouverent de plus facile à tranfporter, &
fe retirerent.

Ce Vol fut fuivi de celui de la Paroiffe de
Saint Louis de Verfailles, ce qui fait connoître
que ce Scelerat alloit de vols en vols, de crimes
en crimes ; il auroit pû dès ce tems mettre fin à
toutes fes mauvaifes actions, & fuivre l'exemple
de fon Maître d'Ecole Beauvoir. Mais quand un

homme s'est une fois adonné au libertinage, le voit-on rafement s'en deshabituer? Tel a été Nivet, il se fortifia de plus en plus dans ses affreux desseins, & s'imagina que la qualité de Chef & de Capitaine, dont l'honorerent dans ce tems ses Camarades, devoit l'engager à inventer tout ce qu'il y avoit de plus horrible & de plus détestable à concevoir pour remplir la Place qu'on venoit de lui donner Filouteries, Vols, Meurtres, Assassinats, Sacrileges, Prophanations, Blasphêmes; il met tout en usage pour exceller son Prédécesseur Cartouche.

Nous ne finirions pas si nous voulions entrer dans le détail de tous les crimes énormes qu'il a commis pendant sa vie. Nous nous contenterons seulement de dire qu'il n'est guéres de Province de ce Royaume qui n'ait ressenti les effets de sa cruauté & de celle de ses Complices, la Normandie en est la principale.

Nivet pleinement informé de la vigilance du Magistrat qui veille à la sûreté des Bourgeois de cette Ville, en ayant l'épreuve proche le Palais où des Archers avertis qu'il y étoit l'arrêterent; Mais lui sans s'intimider cria au secours, en disant qu'on le conduisoit en Prison pour une Glace de Carrosse qu'il avoit cassé par mégarde, & qu'il étoit prêt de payer, fut arraché des mains des Archers par la Populace qui, toûjours prévenue par l'extérieur, prend le parti de celui qu'elle voit attaqué sans le connoître.

Cette funeste épreuve que Nivet fit des surveillans à sa conduite, lui fit bien sentir qu'il ne faisoit pas bon pour lui à Paris; il auroit bien mieux vallu que cette même Populace eût livré son Boureau à la Justice, que de le garder dans ses entrailles, mais ce n'est pas d'aujourd'hui qu'on a vû une mere nourrir un vipere dans son cœur. Nivet dès ce moment prit la résolution de quitter Paris, & d'aller chercher fortune ailleurs. La Province de Normandie fut l'objet de ses attentions, il la connoissoit à fond puisqu'il en étoit originaire; les tours & les détours, & les endroits les plus écattés comme les plus périlleux, ne lui étoient pas inconnus; tous les jours nouveaux vols, tous les jours nouvelle augmentation à sa vie criminelle.

A la fin fatigué de voir qu'il ne faisoit rien dans cette Province qu'il avoit choisie pour le Théâtre de ses inhumanitez, il fit un voyage au Village de la Croix S. Oüen, entre Senlis & Compiegne; là il fut loger chez une veuve qu'on lui dit être à son aise; cette veuve le reçût avec ses Camarades le mieux qu'il fût possible, & leur donna tout ce qu'ils souhaitoient, ce qui fut cause de sa mort & de celle de deux enfans qu'elle avoit, car Nivet accompagné de ses Camarades, la poignarda avec ses fils, força ensuite ses armoires, foüilla dans ses poches & n'y trouva que quinze livres, ce qui lui fit dire que ce n'éto't pas la peine d'assassiner trois personnes pour n'avoir que cinq livres par tête! plaisante réflexion pour un homme qui n'aspire que la roue, & qui fait bien voir l'endurcissement de son cœur.

Peu satisfait de sa démarche dans le Village de la Croix S. Oüen, il se sauva précipitament à Roüen, où il prit la résolution de voler une de ses principales Eglises. Après plusieurs Assemblées tenuës avec ses Camarades à ce sujet, voici de la maniere dont il se prit pour parvenir à ce vol; il se travestit en habit noir, contre-faisant l'homme dévot, déguisa ses Camarades en Domestiques, & leur donna une livrée, après quoi il fut se loger aux environs de S. Godard; il ne manqua pas pendant plusieurs jours d'assister à la Grande Messe avec une pieté qui auroit surpris tout autre que Messieurs de cette Eglise. Les Aumônes qu'il faisoit aux pauvres qui venoient lui demander, ne lui servirent pas peu à établir sa réputation dans tout le quartier, & sur tout dans cette Eglise; il fit en très-peu de tems la connoissance du Sacristain, dont il s'attira entierement la confiance. Le Sacristain édifié de sa bonne conduite en apparence, lui fit voir les ornemens de l'Eglise : Nivet lui fit entendre qu'il les augmenteroit par un présent avant que de partir; cela est digne de votre générosité, répondit le Sacristain, & en même-tems il le laissa seul dans la Sacristie, tandis qu'il alloit porter des burettes où on alloit dire la Messe. Nivet profita de ce tems pour examiner les fermetures des armoires qui renfermoient les ornemens, celle des portes & des croisées; il finissoit son examen dans le tems que le Sacristain arriva, qui lui fit excuse d'avoir tant tardé. Nivet dans ce moment tira de sa poche un Louis d'or, qu'il lui donna dans l'intention de faire dire le lendemain une Messe de *Requiem* pour ses parens défunts : le Sacristain reçut le Loüis, qu'il enregistra. Nivet ne manqua pas de s'y rendre le lendemain, & il donna à tous les Assistans des preuves d'une véritable pieté, quoiqu'elle ne fut qu'apparente. Le lendemain sur le minuit & une heure, il exécuta son noir projet, & trouva le moyen d'entrer dans la Sacristie par l'endroit qui lui parut le plus accessible ; il fit attendre au pied de la fenêtre par laquelle il entra ses faux Domestiques, & après avoir forcé les armoires de la Sacristie avec une pince qu'il avoit apporté, il en prit tout ce qu'il y avoit de plus riche, & le donna à ses camarades : le coup fait, il retourna chez lui, en fit faire un ballot pendant le reste de la nuit, & partit le lendemain avec sa clique pour Paris; sitôt qu'il y fût arrivé, il projetta d'aller vendre le butin qu'il avoit apporté. Pour cet effet, il se déguisa en Curé, fit passer ses Camarades pour des Marguilliers, & chargea un Portefaix du Ballot ; il s'en fut ensuite trouver un Marchand à qui il dit qu'il étoit Curé d'une Paroisse de Roüen, que les Messieurs qui l'accompagnoient en étoient les Marguilliers, qu'ils venoient tous ensemble pour se défaire d'ornemens anciens qui n'étoient plus de mode. Le Ballot à l'instant fut ouvert. Le Marchand après avoir examiné ce qu'il contenoit, leur en demanda le prix, & leur offrit le sien ; sa médiocrité révolta le prétendu Curé, & l'obligea à se récrier sur l'injustice des Marchands. Les Marguilliers sup-

posés

posés qui ne souhaitoient rien tant que d'avoir
de l'argent, le tirerent à part, & lui réprésente-
rent qu'il ne devoit pas hésiter d'accepter l'offre
du Marchand, & se retournant en même tems
du côté du Marchand, lui firent entendre qu'ils
ne se désaisoient de ses ornemens que pour avoir
un supplément d'argent pour en acheter de
nouveaux ; ensuite parlant à l'oreille du prétendu
Curé, ils lui remontrerent le danger qu'un trop
long retard pourroit causer. Cette réflexion dé-
termina ce faux Porteur à souscrire. Le Marché
fait, argent compté, ils s'en allerent, jugeant que
leur présence étoit nécessaire ailleurs.

Ce Vol peut passer pour un des plus subtil
qu'on ait encore vû, aussi Nivet étoit bien aise
de faire connoître à l'avenir qu'il étoit Maître
dans ce genre.

Il n'en resta pas là, il employa tous les strata-
gêmes possibles pour se rendre plus criminel,
& mena cette vie jusqu'à l'âge de trente - deux
ans, sans avoir payé la peine de ses forfaits ; mais
comme Dieu ne laisse rien d'impuni, l'action
que fit ce malheureux dans cette année, a donné
lieu à son Jugement & à la découverte de tous
ses Complices.

Comme dans les grandes Cérémonies les Voleurs profitent de ce tems pour faire les meil-
leurs coups, aussi Nivet avoit un Calendrier de
toutes les Fêtes, Cérémonies, Spectacles, Foi-
res & Marchez, dans lesquels il se faisoit payer
adroitement de ses droits de présence & de celui
de ses honorables Assistans par les Vols & Filouteries qu'ils faisoient.   B

Il se mit en tête qu'il feroit une bonne proye s'il alloit à la Foire de Guibray. *a* Il en communiqua à Baramon & à Mancion. Sa résolution fût très-goûtée de ces Messieurs. Il fut avec eux, & après avoir observé tout ce qui s'y passoit, & les moyens qui pourroient leur procurer le plus d'argent comptant, il jetta les yeux sur le Sr. David & son Epouse qui étoient logés dans le même endroit que lui ; il les aborda d'une maniere très-obligeante, leur demanda ce qu'ils pensoient de la Foire, & si l'argent circuloit. David lui répondit que cela n'alloit pas trop bien, & qu'il n'avoit pas reçu la moitié de ce qu'il comptoit. Nivet lui repliqua qu'il avoit reçu la moitié des marchandises qu'il avoit apportées. J'en ai bien reçû autant, lui répondit le sieur David ; est-ce-là recevoir, lui dit son épouse, au prix du tems passé ? J'en conviens Madame, reprit Nivet, mais c'est beaucoup aujourd'hui. L'heure du diner arriva, il leur proposa d'être de leur Partie s'ils le trouvoient bon, ce qu'ils accepterent. Ils ne s'entretinrent pendant tout le dîner que du prix de leurs marchandises, & du tems qu'ils séjourneroient. Nivet pleinement informé du séjour du sieur David & de son épouse, ayant appris par eux-mêmes qu'ils partiroient le lendemain pour Amiens, partit le même jour, & les attendit le lendemain à la descente de Moulineau, où de concert avec ses Camarades, il les assassina tous deux, leur vola leur argent & tous leurs effets, & se

a Foire qui se tient au mois d'Août.

sauva du côté de Paris où il fut pris quelques jours après par des Archers de Robe courte, le premier Dimanche de Septembre de l'année mil sept cens vingt-huit, qui le conduisirent en Prison, d'où il n'est sorti que le trente-un Mai dernier pour être executé en Place de Gréve, conformément aux dispositions de l'Arrêt rendu le trente, tendant à sa condamnation de mort, & de quatre de ses Complices les plus affidez, du nombre duquel a été Beauvoir son Maitre d'Ecole que l'on avoit fait venir du Port de Cette où il étoit retiré, pour être confronté avec lui sur la déposition qu'il fit de l'Assassinat desdits Boulanger, Chesnet & Herpin dont il étoit complice avec lui.

Il y auroit de quoi faire un Volume entier, si l'on vouloit rapporter ses crimes, vols, filouteries, subtilitez & assassinats. En voilà, ce me semble assez de dit, pour prouver que cet homme étoit capable de tout entreprendre, s'il eût vécû plus long-tems. Sa vie & sa malheureuse fin nous fait bien connoître que Dieu tôt ou tard punit les Scelerats, & qu'il les abandonne à la sévérité des loix humaines comme des Victimes dûes à sa Justice, & pour servir d'exemple à la Jeunesse qui méprise les avis de pere & mere.

A V I S
A LA JEUNESSE.

LE but que doit avoir un Auteur dans les Ouvrages qu'il donne au Public, ne doit avoir rien pour objet que l'utilité publique. Celui que je lui donne aujourd'hui n'a d'autres motifs, puis qu'il ne tend uniquement qu'à faire concevoir à la Jeuneffe de l'horreur du crime, & l'engager à le fuir & à le détefter par les réflexions qu'elle fera fur la vie fcélerate de ces malheureux dont je viens de décrire les actions abominables.

Je m'eftimerai trop heureux & bien récompenfé fi je puis réuffir dans mon projet ; en tout cas, mon intention n'a été que de donner à la Jeuneffe, en faifant la lecture de mon Livre, les moyens de fe garantir des mauvaifes Compagnies, qui eft le feul écueil qui la fait pour l'ordinaire échoüer. De femblables impre ons produifent fouvent des effets extraordinaires dans le cœur de l'homme, & le retirent de l'aveuglement où il eft pour le conduire dans le vrai chemin. Profitez-en donc Garçons & Filles, fuyez les mauvaifes compagnies, ne liez amitié qu'avec des perfonnes de vertu & de probité, fuivez les volontez de vos peres & meres avec une parfaite obéiflance. Ne vous dérangez jamais de votre devoir de Chrétien en quelque état que vous vous trouviez. Penfez à Dieu, offrez-lui toutes vos penfées & toutes vos actions, attachez-vous à lui plaire en tout. Que la fin tragique de Nivet & de fes Complices vous ferve d'exemple, que la récompenfe d'un bien éternel & durable vous faffe entierement détacher des richeffes de ce monde qui corrompent l'efprit, entraînent le corps dans un précipice affreux, & perdent l'ame. Tant que vous ferez ces réflexions, vous vous garantirez certainement d'une fin pareille à celle de Nivet; l'exemple touche plus que tout autre chofe: celui de ce miférable doit vous péne-trer vivement, & vous engager à prendre de for-tes réfolutions de vivre chrétiennement, d'éviter la focieté de certaines gens, qui ne cherchent, par leurs pernicieufes leçons, qu'à vous empoi fonner le cœur, féduire votre raifon, & vous per dre. Que le luxe, la bonne chere, le jeu, l'inté-rêt & la néceffité ne vous faffe rien faire de con-traire à l'honneur car ces vices contribuent beau-coup la perte de l'homme, & ce font eux pour la plûpart du tems qui le menent à l'Echafaut; faites, je vous prie, attention à ce que je viens de vous dire, & loin de me regarder comme un févere Cenfeur, recevez ce petit avis comme un effet de ma bonne volonté & de la douleur que j'au-rois de vous voir en pareil cas.

FIN.

E soussigné Me. ès Arts en l'Université de Paris, ai lu par ordre de M. le Lieutenant Géné-
ral de Police, un Manuscrit qui a pour titre, la Vie
de Philippe Nivet, dit Fanfaron, dont on peut per-
mettre l'Impression. A Paris, ce 30 Juin 1729.
PASSART.

Vu l'Approbation, permis d'imprimer &
distribuer, le 4 Juillet 1729. HERAULT.

Regiſtré ſur le Livre de la Communauté des Im-
primeurs & Libraires de Paris, No. 1834 conformément aux Réglemens, & notamment à l'Arrêt d
la Cour du Parlement du 3. Décembre 1705.
A Paris le vingt Juillet 1729.
LE MERCIER, Syndic.

De l'Imprimerie de LOUIS COIGNARD,
Place du Pont Saint Michel.

www.ingramcontent.com/pod-product-compliance
Lightning Source LLC
Chambersburg PA
CBHW061627050726
47595CB00007B/3089